VENTE

DE

TABLEAUX

Aquarelles, Dessins

PAR

BONVIN, BOUDIN, CABAT, GUSTAVE COLIN, DELORT,
DONZEL, GERVEX, A. JACOMIN.

QUELQUES TABLEAUX ANCIENS

GOUACHES, MINIATURES, GRAVURES DE SPORT, ETC.

SCULPTURES, par Carrier-Belleuse et Marchetti

PORCELAINES DE SAXE ET DE CHINE, FAIENCES

Pendules Louis XIV, Louis XVI et Empire

BRONZES D'AMEUBLEMENT, BOIS SCULPTÉS

MEUBLES, OBJETS VARIÉS

HOTEL DROUOT, SALLE N° 11
LE MERCREDI 13 FÉVRIER 1901

A DEUX HEURES

COMMISSAIRE-PRISEUR | EXPERT

Me LÉON TUAL · M. B. LASQUIN
56, rue de la Victoire | 12, rue Laffitte

VENTE

DE

TABLEAUX

Aquarelles, Dessins

PAR

BONVIN, BOUDIN, CABAT, GUSTAVE COLIN, DELORT,
DONZEL, GERVEX, A. JACOMIN.

QUELQUES TABLEAUX ANCIENS

GOUACHES, MINIATURES, GRAVURES DE SPORT, ETC.

SCULPTURES, par Carrier-Belleuse et Marchetti

PORCELAINES DE SAXE ET DE CHINE, FAIENCES

Pendules Louis XIV, Louis XVI et Empire

BRONZES D'AMEUBLEMENT, BOIS SCULPTÉS

MEUBLES, OBJETS VARIÉS

HOTEL DROUOT, SALLE Nᵒ II

LE MERCREDI 13 FÉVRIER 1901

A DEUX HEURES

COMMISSAIRE-PRISEUR

Mᵉ LÉON TUAL

56, rue de la Victoire

EXPERT

M. B. LASQUIN

12, rue Laffitte

EXPOSITION PUBLIQUE

Le Mardi 12 Février, de 1 heure 1/2 à 5 heures 1/2

CONDITIONS DE LA VENTE

Elle sera faite au comptant.

Les acquéreurs paieront *dix pour cent* en sus des prix d'adjudication.

L'exposition mettant le public à même de se rendre compte de l'état des objets, il ne sera admis aucune réclamation, l'adjudication prononcée.

Paris. — Imp. de l'Art, E. Moreau et Cⁱᵉ, 41, rue de la Victoire.

DÉSIGNATION

TABLEAUX ET AQUARELLES

BONVIN (F.)

1 — *Plat de fruits sur une table recouverte d'un tapis rouge.*

BOUDIN (Eugène)

2 — *Entrée de port.*

Panneau.
Signé à droite.

BOUDIN (Eugène)

3 — *Vue de Landerneau.*

Aquarelle.

BRUNEL-NEUVILLE

4 — *Deux Petits Chats.*

Peinture sur panneau.

CABAT

5 — *Pauvres Chaumières à Bercenay-en-Othe (Aube).*

CABAT

6 — *Paysage boisé.*

CABAT

7 — *Paysage boisé, cours d'eau au premier plan.*
Peinture sur carton.
Signé au bas à gauche.

COLIN (Gustave)

8 — *Barque en pleine mer.*
Toile. Signée à droite.

COLIN (Gustave)

9 — *Barque accostant un steamer.*
Toile. Signée à droite.

COLIN (Gustave)

10 — *Maison de campagne.*
Peinture sur bois.

COLIN (Gustave)

11 — *Entrée de port.*
Peinture sur panneau.

COROT (Attribué à)

12 — *Ville avec château fort au bord d'une rivière.*

DAVILA (M.)

13 — *Les Lilas.*
Aquarelle.

DELACROIX (Attribué à EUGÈNE)

14 — *Épisode du massacre de Sio.*
   Peinture sur toile.

DEMONT (ADRIEN)

15 — *Les Roches noires ; Marée basse.*

DEMONT (ADRIEN)

16 — *Paysage.*

DELORT

17 — *Repos champêtre.*
   Peinture sur panneau.

DONZEL

18 — *Grand Paysage, bord de rivière.*

DUPRÉ (Attribué à)

19 — *Barque de pêche rentrant au port.*
   Toile.

ÉCOLE FRANÇAISE (Genre de BOUCHER)

20 — *L'Oiseau apprivoisé.*

   Charmante composition de deux figures.
   Toile de forme ovale dans un cadre en bois doré.

FRANÇAIS

21 — *Intérieur de parc.*

   Peinture sur panneau.
   Signée du monogramme.

FRAGONARD (Genre de)

22 — *La Balançoire.*

Aquarelle à la sanguine.

GERVEX (H.)

23 — *Aquarelle.*

Signée à gauche.

HUBERT ROBERT

24 — *Monuments de l'Ancienne Rome ; Mausolées, grands vases, pyramides et ruines.*

Deux compositions animées de figurines.

JACOMIN (A.)

25 — *Chez le Sorcier.*

MÜLLER

26 — *Famille de l'époque Louis XVI, réunie dans un parc.*

Importante gouache, huit figures.
Signée au bas à gauche.

27 — *Le Testament retrouvé.*

Composition de sept figures dans un intérieur Louis XVI.

Importante gouache signée au bas à gauche.

ÉCOLE FRANÇAISE (Attribué à Lantara)

28 — *Petite peinture : Pâtres et bestiaux dans un paysage montagneux.*

Sur cuivre.

ROBERT-KISS

29 — *Jeune Femme en buste.*

Aquarelle.

RUBENS (École de)

30 — *L'Adoration des Mages.*

Peinture sur panneau, d'une bonne conservation.

RUBENS (École de)

31 — *Sujet mythologique: Diane chasseresse.*

SARTARELLI

32 — *Venise.*

SCOT (H.)

33 — *Paysage à Valmont (Seine-et-Oise).*

WEBER

34 — *Cardinal lisant une lettre.*

Aquarelle.

35 — Deux miniatures : Jeunes Femmes en buste, d'après David et Chaplin.

36 — Miniature : Portrait de Femme en costume Louis XVI, tenant un bouquet.

37 — Miniatures : Portrait de Femme en buste, en robe blanche, et Portrait d'Homme. Signé : De Wailly, 1817.

38-39 — Quatre miniatures : Portraits de Femmes
et d'Hommes. Époques de la Révolution, de
l'Empire et de la Restauration. (Ce lot sera di-
visé.)

GRAVURES

BOILLY (D'après)

40-41 — *Le Réveil prémédité et Suite de la douce
impression de l'Harmonie.*

Deux gravures en couleur.

BONNET (D'après JOLAIN)

42 — *La Toilette.*

Deux gravures en couleur

DETTY (D'après)

43 — *Scène Louis XV.*

Pièce en couleur.

FRAGONARD

44-45 — *Le Verre d'eau et le Pot au lait.*
Deux gravures.

FREUDEBERG et MOREAU LE JEUNE

46 — *Portrait de Madame A.-R. de Raucour, de la
Comédie-Française.*

Gravure.

HESTER (E.-G.) (D'après Scheldon Williams)

47-48 — *The Meet et Full Cry.*
>Deux gravures de chasse en couleur.

HUNT (C.) (D'après Hering)

49-50 — *Alice Hawthon et Foig A. Ballagh. Chevaux de course.*
>Deux gravures en couleur.

ROSSI

51 — *La Consultation.*
>Pièce en couleur.

TALMAGE WHIT

52 — *Les Vieux Caroubiers de Pino, à Anacapri.*
>Aquarelle. Signée à gauche.

53 — Une gravure : Enlèvement de Proserpine.

54 — Sous ce numéro, plusieurs lots de gravures et dessins.

SCULPTURES

55 — Marchetti. Bébé, buste, marbre blanc.

56 — Marchetti. Coquetterie, buste, marbre blanc.

57 — Marchetti. Le même sujet.

58 — Marchetti. Le Printemps, buste, marbre blanc.

59 — MARCHETTI. Le Maître et l'Écolier, bas-relief, marbre blanc.

60 — MARCHETTI. Femme voilée, buste, marbre blanc.

61 — CARRIER-BELLEUSE. Buste de Jeune Femme, marbre blanc.

PORCELAINES ET FAIENCES

62 — Statuette de Jeune Pèlerin debout, en vieux Saxe.

63 — Groupe en vieux Saxe: Femme, trois enfants et un singe.

64 — Deux petits socles, en blanc de Saxe, rehaussés de dorure.

65 — Petit socle, en porcelaine de Vienne marbrée, à guirlandes de feuillages et rocailles.

66 — Plateau et six pots à crème, en porcelaine de Sèvres et autres, à bouquets de fleurs.

67 — Deux salières trilobées (une sans anse), en vieux Sèvres, pâte tendre, à décor de fleurs.

68 — Deux vases, en biscuit de porcelaine.

69 — Deux groupes de deux figures, en Saxe: Allégories des sciences et des arts.

70 — Deux figurines, en Saxe moderne : Enfants,
flûtiste et l'oiseleur.

71 — La Marchande de petits pains, en porcelaine,
genre Saxe.

72 — Statuette : Allégorie de l'Hiver, en vieux Saxe,
sur socle, en bronze, ciselé et doré.

73 — Tasse et sa soucoupe, en porcelaine alle-
mande, décorées de fleurs et de paysages mari-
times.

74 — Petite jardinière Louis XV, en porcelaine
blanche, décor rocaille en dorure.

75 — Deux assiettes creuses et un plat, en ancienne
porcelaine de Vienne, décorées de bouquets de
fleurs.

76 — Grande coupe ovale ajourée, sur piédouche, en
porcelaine blanche.

77 — Cabaret se composant de : sept tasses et huit
soucoupes, un sucrier, une cafetière, deux pots
à crème en porcelaine de Zurich, décorée en
fleurs.

78 — Quatre tasses et soucoupes en ancienne porcelaine de Chine, décor bleu.

79 — Jardinière-applique, en porcelaine de Chine,
décor bleu.

80 — Quatre compotiers, une tasse et une soucoupe en ancienne porcelaine de Chine de la Compagnie des Indes.

81 — Un vase, en porcelaine de Chine moderne.

82 — Deux cache-pots, genre barbotine.

83 — Une coupe en Chine, monture bronze.

84 — Une jardinière en cloisonné.

85 — Deux jardinières-appliques, en faïence de Strasbourg.

86 — Soupière, en faïence, à couvercle ajouré, décorée de paysages en camaïeu rose.

87 — Une bouteille à pans, en faïence de Delft, à décor bleu.

88 — Grande coupe ovale sur pied, en faïence, imitation de Moustiers, à décors grotesques.

89 — Statuette de tripière en plâtre.

90 — Deux assiettes, faïence italienne, l'une à bordure ajourée.

91 — Aigle sur un socle, en ancienne faïence italienne.

92 — Un vase pot pourri et un plat en faïence blanche de Lorraine, et une soupière en faïence, décorée en camaïeu vert.

93 — Un encrier, en faïence de Strasbourg.

OBJETS DIVERS

94 — Deux petits socles carrés, en marbre blanc et
rouge, avec guirlandes Louis XVI, en bronze
doré.

95 — Socle style Louis XV, bronze doré.

96 — Deux médaillons-bustes en bronze doré :
Henri IV et Sully, apppliques sur fond de
marbre blanc.

97 — Petite broderie de soie et d'argent, avec mé-
daillon de l'Enfant Jésus dans un cadre rocaille.

98 — Deux médaillons-bustes en marbre : *Menander*
et *Chrysippus*, dans des cadres ronds en bois
doré.

99 — Deux médaillons ovales accouplés. cire :
Louis XVI et Marie-Antoinette.

100 — Encrier en marqueterie de cuivre.

101 — Beau panneau en bois de chêne sculpté, de
l'époque de la Régence : groupes de colombes.
guirlandes de fleurs et ornements.

102 — Statuette : Allégorie de l'Amitié, en bois peint,
en grisaille et découpé. Travail hollandais du
xviiie siècle.

103 — Trois figures d'Amours, en bois sculpté,
peint et doré, disposés pour servir de patères.

104 — Cinq pièces, bois sculpté, fragments de cha-
pitaux et autres.

105 — Cartel Louis XV, en bois sculpté et doré, à
oiseaux, fleurs et rocailles.

PENDULES, BRONZES

106 — Pendule Louis XVI, en marbre blanc et
bronze doré. Le cadran, au nom de *Couturier à
Paris*, est monté sur un fût flanqué à gauche
de la figure de Vénus et d'une cassolette à tré-
pied, et, à droite, d'un amour sur un nuage,
avec fleurs et deux colombes. Le socle orné
d'un bas-relief, jeux d'enfants et de deux mas-
carons.

107 — Pendule, de l'époque Louis XVI, en forme de
temple, en marbre et bronze doré. Le cadran
au nom de *Charpentier à Paris*, supporté par
un portique à consoles-volutes et deux colonnes
en marbre noir. Elle est surmontée de quatre
vases en marbre et d'un aigle. Au-dessous, une
figurine d'enfant, en biscuit. Socle orné d'une
frise de rinceaux.

108 — Pendule astronomique, à sphère mouvante,
exécutée par Raingo, horloger mécanicien, en
1820. Le mouvement est supporté par une sorte
de temple circulaire, à quatre colonnes, en bois
de thuya, orné de bronzes dorés.

A cette pendule, est annexée une sphère
propre, par sa rotation, à démontrer les élé-
ments de la cosmographie et de la géographie.
La sphère se sépare de la pendule pour en dé-

montrer les effets par le moyen de la manivelle d'un rouage particulier que l'on accélère à volonté.

Une notice explicative accompagne cette pendule, prière de la consulter.

109 — Pendule, de l'époque Louis XIV, en marqueterie de cuivre et d'écaille, ornée de bronzes : sujet-applique, Amphitrite, pieds à griffes, volutes feuillagées et surmontée de la figure de Neptune. Elle est accompagnée de son socle de suspension.

110 — Une pendule, style Louis XVI, de Raingo et deux flambeaux.

111 — Pendule et deux candélabres à cinq lumières, en bronze doré, à figures de sirènes, tritons et ornements genre rocaille.

112 — Deux chenets, de style Renaissance, à boules ajourées et dauphins en bronze.

113 — Deux appliques en bronze, à quatre lumières.

114 — Deux appliques Louis XIV, à une lumière.

115 — Une patère, figure d'amour jouant du cor, en bronze doré, et un plateau en tôle peinte.

116 — Paire de chenets, en bronze, patine brune, à mascaron et pieds volutes feuillagés. Époque Louis XIV.

117 — Paire de flambeaux Louis XV, en cuivre.

118 — Deux flambeaux Louis XVI, fûts cannelés, en bronze doré.

119 — Paire de flambeaux Louis XIII, à trépieds en bronze.

120 — Groupe en bronze : Enfant, triton et dragon. sur un socle en marbre turquin.

121 — Paire d'appliques à deux lumières en fer forgé.

122 — Paire de chenets Louis XVI. supportant des chiens griffon. en bronze.

123 — Paire de médaillons-appliques, en cuivre repoussé et argenté.

124 — Appliques rocailles. en bronze argenté, une mouchette et un hanap forme casque.

MEUBLES

125 — Secrétaire. de l'époque Louis XVI, en bois laqué. garni de bronze (restauré).

126 — Secrétaire Louis XVI, en marqueterie de bois. garni de bronze.

127 — Banquette Louis XIV, en bois sculpté et doré. garnie de cuir.

128 — Table Louis XVI, en bois de rose.

129 — Douze chaises de salle à manger, style Louis XV. bois sculpté, et garnies de canne.

130 — Table tricotteuse, de forme ovale, en acajou. ornée de bronze. Époque Empire.

131 — Boîte carrée en laque du Japon.

132 — Cinq cadres divers en bois doré. Louis XV et Louis XVI.